阿比

U0022518

牛弟

依依

國家圖書館出版品預行編目資料

阿比的城市冒險 / 黃金鳳著;王平,馮艷繪.－－初版一
刷.－－臺北市:三民,2009
　　面;　　公分.－－(兒童文學叢書 / 我的蟲蟲寶貝)

ISBN 978-957-14-5282-1　(精裝)

859.6　　　　　　　　　　　　　　　98020552

© 　阿比的城市冒險

著 作 人	黃金鳳
繪　　者	王　平　馮　艷
責任編輯	郭佳怡
美術設計	陳健茹
發 行 人	劉振強
著作財產權人	三民書局股份有限公司
發 行 所	三民書局股份有限公司
	地址　臺北市復興北路386號
	電話　(02)25006600
	郵撥帳號　0009998-5
門 市 部	(復北店)臺北市復興北路386號
	(重南店)臺北市重慶南路一段61號
出版日期	初版一刷　2009年11月
編　　號	S 857351

行政院新聞局登記證局版臺業字第○二○○號

有著作權‧不准侵害

ISBN　978-957-14-5282-1　（精裝）

作者的話

　　孩子的幼兒園位在一座背面靠山、四周有林木環繞的三合院裡，實行的是源自德國的華德福教育理念。在這裡沒有任何違背幼兒發展的智性教導，而是著重孩子的自由遊戲和詩歌、故事、手工、藝術等的薰染。幼兒園是家庭的延伸，老師扮演著完美的母親典範，孩子們則像兄弟姐妹一般的學習和遊戲。

　　幼兒園剛成立時，熱愛園藝的我看到前院紅磚牆旁那一片長長的空地，主動向老師爭取園丁的工作。由於每天送孩子去上學時都會先經過這裡，放學時站在前院看孩子玩，跟其他媽媽聊天，這片花園也都是視覺焦點。我希望它除了能時時開出美麗的花朵，同時也是孩子們可以親近、玩耍和學習的場所。

　　我以崇尚自然的英國式庭園為典範來經營它，讓花草樹木可以在其間恣意茂長，地裡則有無數蚯蚓和獨角仙的幼蟲幫我施肥鬆土。一年來，從只有幾棵樹的空地，到現在花開花謝，歷經秋冬春夏，花園裡早已有了幾次小小的滄海桑田之變。不變的是這裡豐富的生態，依著時令不斷上演精彩的戲碼。

　　一天傍晚放學時，老師手裡忽然站著一隻全身草綠色像樹枝一般的小昆蟲，孩子們都好奇的過來圍觀。有較大的孩子立刻指出那是一隻竹節蟲，可是怎麼少了一隻腳呢？是否為了躲避天敵曾經歷一番慘烈追逐，終以自斷一腳來求生？竹節蟲一動也不動，安靜的站在指掌間，直到老師把牠放回花園裡的扶桑枝葉上。

　　對孩子們而言，竹節蟲是一種很特別的昆蟲，就像枯葉蝶、變色龍等以擬態自我保護的小動物，是以形似草木枝葉的體態和顏色來欺騙及躲避天敵，甚至很愛模擬風吹枝葉搖動的模樣，輕輕擺動細細長長的身體和六隻腳，

i

稱得上「偽裝高手」，遇危急時也會自斷一腳以引開螳螂、五色鳥等天敵的注意，好趁機逃走。

　　竹節蟲的學名源自拉丁文「精靈」的意思。西方沒有竹子，他們稱牠為「會走動的樹枝」或「葉蟲」，中國人則覺得牠長得像竹枝而得名。當牠一動也不動的時候，彷彿與環境融為一體，真的很難發現牠的存在，稱牠為昆蟲界的「忍者」一點也不為過。

　　本書中的主角阿比為竹節蟲中最常見的臺灣皮竹節蟲，屬夜行性昆蟲，白天多棲息於葉背，喜歡住在低海拔山區陰溼的雜木林底層。那裡長滿了有著鋸齒狀葉片的「赤車使者」，是臺灣皮竹節蟲最愛的食草，也可以看到有著大大葉子的姑婆芋，枝梗嚐起來微酸、開著粉紅色小花的臺灣特有種秋海棠，以及葉背閃著銀光細細長長的水麻等，植物生態十分豐富。

　　在炎熱的夏日裡，走在長滿赤車使者的山徑旁，別忘了蹲下來翻翻葉背，說不定就會發現臺灣皮竹節蟲阿比的蹤影喔。

黃金鳳

ii

阿比比的城市冒險

黃金鳳 著　　王平・馮艷 繪

三民書局

　　初夏夜晚，在明亮月光的映照下，一隻巨大、有著稻桿般淺褐色身軀的螳螂，高舉著二隻鐮刀般的前腳，悄悄從阿比身邊爬過。

　　螳螂的背影漸行漸遠，直到
遠得幾乎看不見，阿比才深深
呼了一口氣，緩緩挪動他那幾乎
與枝葉融為一體的身體和六隻腳，
繼續吃到一半的晚餐。

♪

吃了幾口，阿比突然
傷心的哭起來。原來，
幾天前，阿比正躲在
姑婆芋大大的葉子下
睡覺時，被盜採花木的
園藝商連根拔起，載到
這座陌生的城市。

「怎麼有男生這麼愛哭啊？」

一個尖細高亢的聲音從天而降，
原來是一隻蒼蠅。

「咦，怎麼沒人呢？」

「我在這裡啦。」

蒼蠅依依嚇了一跳：「怎麼
樹枝會說話？」

「我不是樹枝，我是
臺灣皮竹節蟲阿比。」

「真的好像喔。你好，我叫依依。你是新來的嗎？好像沒見過你耶。什麼事哭得這麼傷心啊？有人欺侮你啦?」

依依連珠砲似的一連問了好幾個問題。

「我……我想回家。」

阿比哭喪著一張臉，好不容易繃出幾個字。

「什麼？原來是想家。家有什麼好想的，像我這樣到處去旅行多好。好了，我得走囉，別再哭啦。」依依說著又急急忙忙飛走了。

　　阿比哭了一會兒，覺得有點累，
就躲在葉子背後睡著了。當他醒來時
已經是第二天黃昏。他想起依依
說的話，決定鼓起勇氣到處看看。
　　阿比小心的溜到旁邊剛冒出一點兒
花苞的大花紫薇樹上，再慢慢爬到
草地。

公園中央的玫瑰園
正盛開著美麗的花朵，
飄來一陣陣花香，
阿比爬到玫瑰枝上，
嗅了嗅葉子的氣味，
試著咬了一小口。

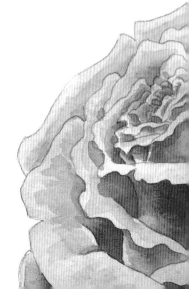

「嘿，你是誰？這是我的耶。」

一隻毛毛蟲氣沖沖的從葉子背後冒出頭來，把阿比嚇了一大跳。

「我……我叫阿比，對不起……」

「你是新來的嗎？沒關係，一起吃吧。對了，我叫小靜。」

小靜溫柔的聲音讓阿比覺得很安心。

17

從此，阿比常到玫瑰園去找小靜玩，他們成了好朋友。

　　一天，小靜正一口口慢慢吃著嫩葉，一邊聽阿比談起山上的生活。突然，一隻白頭翁俯衝過來，筆直朝小靜飛去。阿比看到，急得大喊一聲「小心！」白頭翁撲了個空，小靜大半個身體懸在葉片邊緣，眼看就要墜落地面。

白頭翁回頭又朝小靜撲去。阿比好不容易有了一位好朋友，很怕失去她，便鼓起勇氣揮動手腳，朝著白頭翁大叫：「我在這裡，我在這裡，來捉我啊！」

　　小靜趁機躲到葉子背後，
白頭翁轉而衝向阿比。

　　那一刻，阿比心跳得好快，
他努力保持鎮定，等白頭翁
快抓到他的那一瞬間，用力
盪到身旁的玫瑰尖刺後。
白頭翁來不及停住，被狠狠
刺了一下，慘叫一聲，更加
生氣。

25

憤怒的白頭翁不斷朝阿比藏身處亂啄一通，眼看就要啄到阿比。

　　此時他不知哪來的勇氣，立刻自斷一腳。當白頭翁啄向斷腳，還搞不清楚怎麼回事時，阿比早已施展拿手的隱身術，滑落地面，不知躲到哪兒去了。

27

　　阿ㄚ比ㄅㄧˇ的ㄉㄜ˙英ㄧㄥ勇ㄩㄥˇ行ㄒㄧㄥˊ為ㄨㄟˊ很ㄏㄣˇ快ㄎㄨㄞˋ傳ㄔㄨㄢˊ遍ㄅㄧㄢˋ公ㄍㄨㄥ園ㄩㄢˊ，
他ㄊㄚ很ㄏㄣˇ高ㄍㄠ興ㄒㄧㄥˋ小ㄒㄧㄠˇ靜ㄐㄧㄥˋ沒ㄇㄟˊ事ㄕˋ，也ㄧㄝˇ為ㄨㄟˋ自ㄗˋ己ㄐㄧˇ有ㄧㄡˇ能ㄋㄥˊ力ㄌㄧˋ
保ㄅㄠˇ護ㄏㄨˋ好ㄏㄠˇ朋ㄆㄥˊ友ㄧㄡˇ而ㄦˊ充ㄔㄨㄥ滿ㄇㄢˇ自ㄗˋ信ㄒㄧㄣˋ。除ㄔㄨˊ了ㄌㄜ˙蒼ㄘㄤ蠅ㄧㄥˊ依ㄧ依ㄧ
和ㄏㄜˊ毛ㄇㄠˊ毛ㄇㄠˊ蟲ㄔㄨㄥˊ小ㄒㄧㄠˇ靜ㄐㄧㄥˋ，阿ㄚ比ㄅㄧˇ又ㄧㄡˋ認ㄖㄣˋ識ㄕˋ了ㄌㄜ˙許ㄒㄩˇ多ㄉㄨㄛ
好ㄏㄠˇ朋ㄆㄥˊ友ㄧㄡˇ。

　　不久後的一個新月夜晚，
公園裡陰暗的扶桑枝葉間，
阿比用盡最後一絲力氣緩緩
蛻掉身上的外皮，再回頭將
那層溼軟的蛻皮吃掉。

　　阿比成年了，變成一隻有著
漂亮紅褐色身軀、強壯而美麗的
臺灣皮竹節蟲。

寫書的人

黃金鳳

　　臺大中文系畢，曾任《中央日報》文學副刊編輯五年，熱愛寫作及閱讀。大學時瘋狂登山，閒來喜歡種花蒔草，常常以自助旅行的方式在地球上行走。孩子的誕生為她開啟了一個全新的世界，除了哺餵母乳，讓孩子在大自然中成長，還想給孩子編故事、講故事，為初到人間的他們介紹這個世界的善美真。

畫畫的人

王　平

　　王平自幼愛好讀書，書中精美的插圖引發了他對繪畫的最初熱情，也成了他美術上的啟蒙老師。大學時，王平讀的是設計專科，畢業後從事圖書出版工作，但他對繪畫一直充滿熱情，希望用手中的畫筆描繪出多彩的世界。

　　王平個性樸實，為人熱情，繪畫風格嚴謹、細緻。繪畫對王平來說，是一種陶醉和享受，並希望通過畫筆把這種感受傳遞給讀者，帶給人們愉悅和歡樂。

馮　艷

　　生長在美麗的渤海灣邊，從小聽八仙過海的故事長大，深信長大後，自己也能夠騰雲駕霧，飛過大海。

　　懷著飛翔的夢想，大學畢業以後，走過許多城市，現在定居在北京。做過廣告設計、雕塑、剪紙、設計製作民間玩具。幾年前，開始接觸兒童圖畫書，進而迷上了圖畫書，並且嘗試繪製插圖，希望透過自己的畫，把快樂帶給大家。

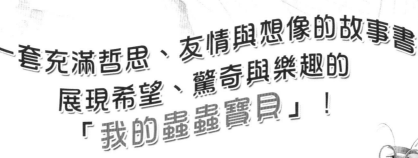

一套充滿哲思、友情與想像的故事書
展現希望、驚奇與樂趣的
「我的蟲蟲寶貝」！

想知道

迷糊可愛的毛毛蟲小靜，為什麼迫不及待的想「長大」？

沉著冷靜的螳螂小刀，如何解救大家脫離「怪傢伙」的魔爪？

膽小害羞的竹節蟲阿比，意外在陌生城市踏出「蛻變」的第一步？

老是自怨自艾的糞金龜牛弟，竟搖身一變成為意氣風發的「聖甲蟲」？

熱情莽撞的蒼蠅依依，怎麼領略簡單寧靜的「慢活」哲學呢？

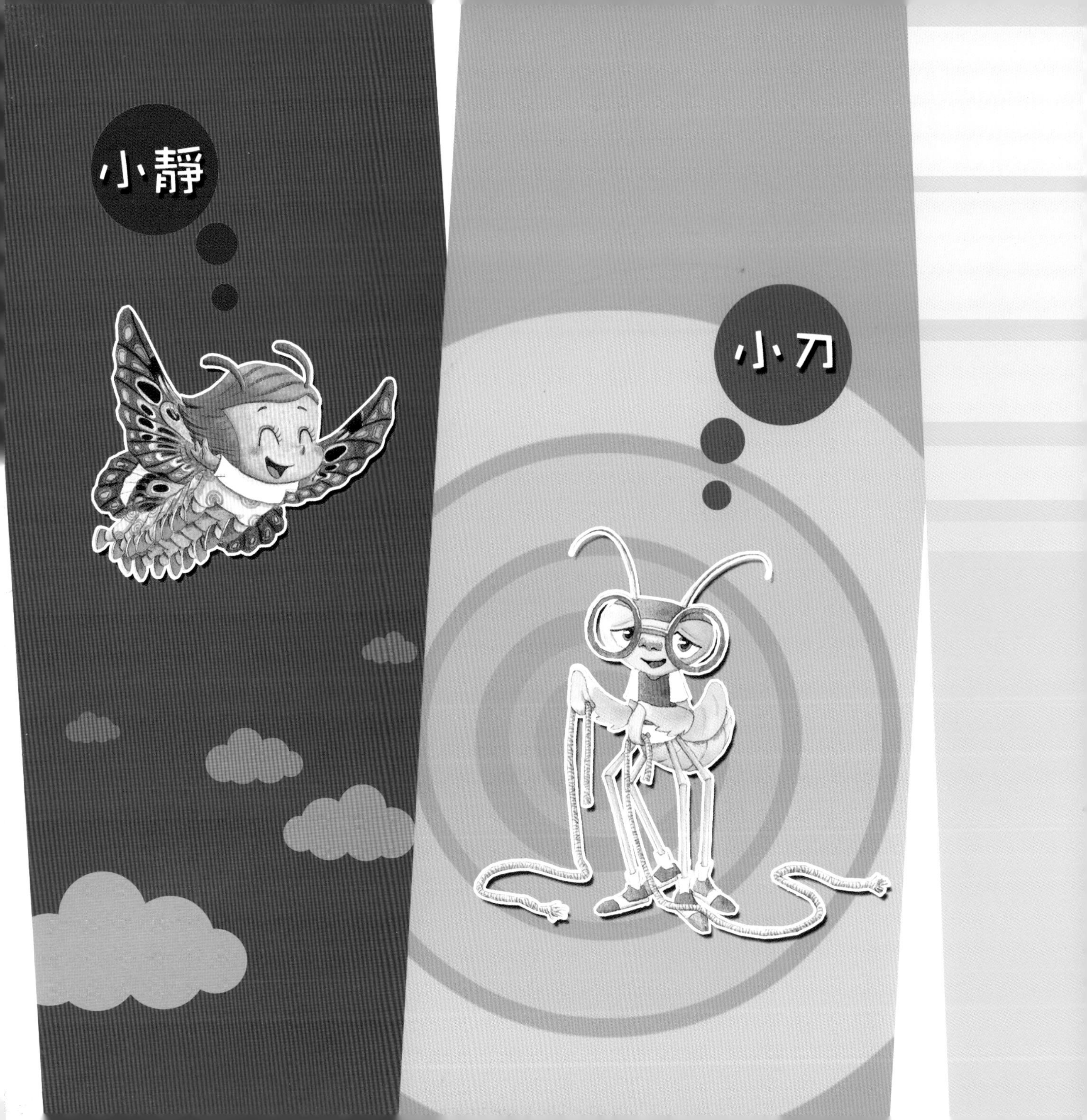
小靜
小刀